별 헤는 밤

별 헤는 밤

윤동주 지음

네케북스

윤동주(尹東柱, 1917~1945)는 일제강점기의 암울한 시대 속에서 인간의 내면과 민족의 아픔을 서정적으로 표현한 대표적인 저항 시인이다. 그는 1917년 중국 길림성 화룡현 명동촌에서 태어났다. 독립운동의 중심지였던 북간도 지역에서 성장한 윤동주는 어린 시절부터 조국의 현실과 민족 문제에 깊은 관심을 가질 수밖에 없는 환경에 놓여 있었고 이러한 배경은 그의 시 세계에 깊이 스며들어 있다.

윤동주는 명동학교, 평양 숭실중학교, 연희전

문학교(현 연세대학교) 등을 거치며 문학적 재능을 키워나갔다. 일제의 탄압이 심했던 시기였지만, 윤동주는 민족적 정체성과 양심, 인간의 존엄성을 지키기 위한 고뇌를 시로 승화시켰다. 대표작으로는 〈서시〉, 〈자화상〉, 〈별 헤는 밤〉, 〈쉽게 씌어진 시〉 등이 있으며, 이 작품들은 모두 일제의 식민지 억압 속에서 '시를 쓰는 것' 자체가 저항이었던 시대의 산물이다.

윤동주의 시는 외형적으로는 부드럽고 서정적이지만, 그 이면에는 식민지 현실에 대한 치열한 문제의식과 저항정신이 담겨 있다. 특히 〈서시〉에서 드러나는 '죽는 날까지 하늘을 우러러 한 점 부끄럼이 없기를'이라는 시구는 윤동주가 추구한 순결한 삶의 자세와 고결한 인격을 상징한다. 그는 시를 통해 시대와 인간, 그리고 자신에 대한 성찰을 멈추지 않았으며, 이를 통해 독자들에게 깊은 울림을 전하고 있다.

1943년, 일본 유학 중 독립운동 혐의로 체포된

윤동주는 후쿠오카 형무소에 수감되어 1945년 2월 16일 옥사하였다. 윤동주의 유고 시집《하늘과 바람과 별과 시》는 그가 생전에 직접 정리한 원고를 바탕으로 1948년에 출간되었고, 지금까지도 한국인이 가장 사랑하는 시집 중 하나로 손꼽힌다. 그의 시는 시대를 초월하여 오늘날까지도 많은 사람들에게 감동과 사유의 깊이를 선사하고 있으며, 순수한 언어로 시대의 아픔을 견뎌낸 시인의 고결한 정신은 우리 문학의 소중한 유산으로 남아 있다.

차례

일러두기
- 모든 주석은 편집자 주다.
- 표기는 시적 효과와 관련되는 부분을 제외하고는
  현행 맞춤법을 준용하였다.

서(序)

—

정지용

서(序) — 랄 것이 아니라

내가 무엇이고 정성껏 몇 마디 써야만 할 의무를 가졌건만 붓을 잡기가 죽기보담 싫은 날, 나는 천의를 뒤집어쓰고 차라리 병 아닌 신음을 하고 있다.

무엇이라고 써야 하나?

재조(才操)도 탕진하고 용기도 상실하고 8.15 이후에 나는 부당하게도 늙어 간다.

누가 있어서 "너는 일편(一片)의 정성까지도 잃었느냐?" 질타한다면 소허(少許) 항론(抗論)이 없이 앉음을 고쳐 무릎을 꿇으리라.

아직 무릎을 꿇을 만한 기력이 남았기에 나는 이 붓을 들어 시인 윤동주의 유고(遺稿)에 분향하노라.

겨우 30여 편 되는 유시(遺詩) 이외에 윤동주의 그의 시인 됨에 관한 아무 목증(目證)한 바 재료를 나는 갖지 않았다.

'호사유피(虎死留皮)'라는 말이 있겠다. 범이 죽어 가죽이 남았다면 그의 호문을 감정하여 '수남(壽男)'이라고 하랴? '복동(福童)'이라고 하랴? 범이란 범이 모조리 이름이 없었던 것이다.

내가 시인 윤동주를 몰랐기로서니 윤동주의 시(詩)가 바로 '시'고 보면 그만 아니냐?

호피는 마침내 호피에 지나지 못하고 말 것이나, 그의 '시'로써 그의 '시인'됨을 알기는 어렵지 않은 일이다.

나도 모를 아픔을 오래 참다 처음으로 이곳
에 찾아왔다. 그러나 나의 늙은 의사는 젊은
이의 병을 모른다. 나한테는 병이 없다고 한
다. 이 지나친 시련, 이 지나친 피로, 나는 성
내서는 안 된다.

— 그의 유시 〈병원〉의 일절

그의 다음 동생 일주(一柱) 군과 나의 문답 —

"형님이 살았으면 몇 살인고?"

"서른한 살입니다."

"죽기는 스물아홉예요 ─."

"간도(間島)에는 언제 가셨던고?"

"할아버지 때요."

"지내시기는 어떠했던고?"

"할아버지가 개척하여 소지주(小地主) 정도였습니다."

"아버지는 무얼 하시노?"

"장사도 하시고 회사에도 다니시고 했지요."

"아아, 간도에 시와 애수와 같은 것이 발효하기 비롯한다면 윤동주와 같은 세대에서 부텀이었구나!" 나는 감상하였다.

　　봄이 오면

　　죄를 짓고

　　눈이

　　밝아

이브가 해산(解産)하는 수고를 다하면

무화과(無花果) 잎사귀로 부끄런 데를 가
리고

나는 이마에 땀을 흘려야겠다.

　　　　　　　　　　　　— 〈또 태초의 아침〉의 일절

다시 일주 군과 나와의 문답 —

"연전(延專)을 마치고 동지사(同志社)에 가기
는 몇 살이었던고?"

"스물여섯 적입니다."

"무슨 연애 같은 것이나 있었나?"

" 하도 말이 없어서 모릅니다."

"술은?"

"먹는 것 못 보았습니다."

"담배는?"

"집에 와서는 어른들 때문에 피우는 것 못 보

있습니다."

"인색하진 않았나?"

"누가 달라면 책이나 셔츠나 거저 줍데다."

"공부는?"

"책을 보다가도 집에서나 남이 원하면 시간까
지도 아끼지 않습데다."

"심술(心術)은?"

"순하디 순하였습니다."

"몸은?"

"중학 때 축구 선수였습니다."

"주책(主策)은?"

"남이 하자는 대로 하다가도 함부로 속을 주
지는 않습데다."

   코카서스 산중(山中)에서 도망해 온 토끼

   처럼

   둘러리를 빙빙 돌며 간을 지키자,

   내가 오래 기르던 여윈 독수리야!

와서 뜯어먹어라, 시름없이

너는 살찌고

나는 여위어야지, 그러나

— 〈간(肝)〉의 일절

노자(老子) 오천언(伍千言)에, "허기심(虛基心)
실기복(實基腹) 약기지(弱基志) 강기골(强基骨)[1]"
이라는 구(句)가 있다. 청년 윤동주는 의지가 약
하였을 것이다. 그렇기에 서정시에 우수한 것이
겠고, 그러나 뼈가 강하였던 것이리라. 그렇기에
일적(日賊)에게 살을 내던지고 뼈를 차지한 것이
아니었던가?

무시무시한 고독에서 죽었구나! 29세가 되도
록 시도 발표하여 본 적도 없이!

일제시대에 날뛰던 부일문사(附日文士) 놈들

---

1 마음을 비우고, 배를 채우며, 뜻을 약하게 하고, 뼈를 강하게
  하라.

의 글이 다시 보아 침을 배앝을 것뿐이나, 무명
윤동주가 부끄럽지 않고 슬프고 아름답기 한이
없는 시를 남기지 않았나?

시와 시인은 원래 이러한 것이다.

행복한 예수 그리스도에게

처럼

십자가가 허락된다면

모가지를 드리우고

꽃처럼 피어나는 피를

어두워 가는 하늘 밑에

조용히 흘리겠습니다

— 〈십자가〉의 일절

일제 헌병은 동(冬)섣달에도 꽃과 같은, 얼음
아래 다시 한 마리 잉어와 같은 조선 청년 시인
을 죽이고 제 나라를 망치었다.

뼈가 강한 죄로 죽은 윤동주의 백골은 이제 고토(故土) 간도에 누워 있다.

고향에 돌아온 날 밤에
내 백골(白骨)이 따라와 한 방에 누웠다.
어둔 방은 우주로 통하고
하늘에선가 소리처럼 바람이 불어온다.

어둠 속에 곱게 풍화 작용(風化作用)하는
백골을 들여다보며
눈물짓는 것이 내가 우는 것이냐
백골이 우는 것이냐
아름다운 혼(魂)이 우는 것이냐

지조 높은 개는
밤을 새워 어둠을 짖는다.

어둠을 짖는 개는

나를 쫓는 것일 게다.

가자 가자

쫓기우는 사람처럼 가자

백골 몰래

아름다운 또 다른 고향에 가자.

— 〈또 다른 고향〉

만일 윤동주가 이제 살아 있다고 하면 그의 시가 어떻게 전전하겠느냐는 문제—

그의 친우 김삼불(金三不) 씨의 추도사와 같이 틀림없이,

아무렴! 또 다시 다른 길로 분연 매진할 것이다.

1947년 12월 28일

1장

별 헤는 밤

서시(序詩)

죽는 날까지 하늘을 우러러

한 점 부끄럼이 없기를,

잎새에 이는 바람에도

나는 괴로와했다.

별을 노래하는 마음으로

모든 죽어가는 것을 사랑해야지

그리고 나한테 주어진 길을 걸어가야겠다.

오늘 밤에도 별이 바람에 스치운다.

소년

여기저기서 단풍잎 같은 슬픈 가을이 뚝뚝 떨어
진다. 단풍잎 떨어져 나온 자리마다 봄을 마련해
놓고 나뭇가지 우에 하늘이 펼쳐 있다. 가만히
하늘을 들여다보려면 눈썹에 파란 물감이 든다.
두 손으로 따뜻한 볼을 쓸어 보면 손바닥에도 파
란 물감이 묻어난다. 다시 손바닥을 들여다본다.
손금에는 맑은 강물이 흐르고, 맑은 강물이 흐르
고, 강물 속에는 사랑처럼 슬픈 얼굴 — 아름다
운 순이(順伊)의 얼굴이 어린다. 소년은 황홀히
눈을 감아 본다. 그래도 맑은 강물은 흘러 사랑
처럼 슬픈 얼굴 — 아름다운 순이(順伊)의 얼굴
은 어린다.

눈 오는 지도

순이(順伊)가 떠난다는 아침에 말 못할 마음으로
함박눈이 내려, 슬픈 것처럼 창밖에 아득히 깔린
지도 위에 덮인다.

방 안을 돌아다 보아야 아무도 없다. 벽과 천장이
하얗다. 방 안에까지 눈이 내리는 것일까, 정말
너는 잃어버린 역사처럼 홀홀이 가는 것이냐. 떠
나기 전에 일러둘 말이 있던 것을 편지를 써서도
네가 가는 곳을 몰라 어느 거리, 어느 마을, 어느
지붕 밑, 너는 내 마음속에만 남아 있는 것이냐.
네 쪼그만 발자욱을 눈이 자꾸 내려 덮어 따라갈
수도 없다. 눈이 녹으면 남은 발자욱 자리마다 꽃
이 피리니 꽃 사이로 발자욱을 찾아 나서면 일 년
열두 달 하냥[1] 내 마음에는 눈이 내리리라.

---

1 '늘'이라는 뜻의 전북, 충청, 평북에서 쓰이는 방언.

돌아와 보는 밤

세상으로부터 돌아오듯이 이제 내 좁은 방에 돌아와 불을 끄옵니다. 불을 켜두는 것은 너무나 피로롭은 일이옵니다. 그것은 낮의 연장(延長)이옵기에 —

이제 창(窓)을 열어 공기(空氣)를 바꾸어 들여야할 텐데 밖을 가만히 내다보아야 방(房) 안과 같이 어두워 꼭 세상 같은데 비를 맞고 오는 길이 그대로 비속에 젖어 있사옵니다.

하루의 울분을 씻을 바 없어 가만히 눈을 감으면 마음속으로 흐르는 소리, 이제, 사상(思想)이 능금처럼 저절로 익어 가옵니다.

병원

살구나무 그늘로 얼굴을 가리고, 병원 뒤뜰에 누
워, 젊은 여자가 흰옷 아래로 하얀 다리를 드러
내 놓고 일광욕을 한다. 한나절이 기울도록 가슴
을 앓는다는 이 여자를 찾아오는 이, 나비 한 마
리도 없다. 슬프지도 않은 살구나무 가지에는 바
람조차 없다.

나도 모를 아픔을 오래 참다 처음으로 이곳에 찾
아왔다. 그러나 나의 늙은 의사는 젊은이의 병을
모른다. 나한테는 병이 없다고 한다. 이 지나친
시련, 이 지나친 피로, 나는 성내서는 안 된다.

여자는 자리에서 일어나 옷깃을 여미고 화단에
서 금잔화 한 포기를 따 가슴에 꽂고 병실 안으
로 사라지다. 나는 그 여자의 건강이 — 아니 내

건강도 속히 회복되기를 바라며 그가 누웠던 자리에 누워 본다.

태초의 아침

봄날 아침도 아니고
여름, 가을, 겨울,
그런 날 아침도 아닌 아침에

빨 — 간 꽃이 피어났네,
햇빛이 푸른데,

그 전날 밤에
그 전날 밤에
모든 것이 마련되었네,

사랑은 뱀과 함께
독(毒)은 어린 꽃과 함께.

무서운 시간

거 나를 부르는 것이 누구요,

가랑잎 이파리 푸르러 나오는 그늘인데,
나 아직 여기 호흡이 남아 있소.

한 번도 손들어 보지 못한 나를
손들어 표할 하늘도 없는 나를

어디에 내 한 몸 둘 하늘이 있어
나를 부르는 것이오.

일을 마치고 내 죽는 날 아침에는
서럽지도 않은 가랑잎이 떨어질 텐데……

나를 부르지 마오.

십자가

쫓아오던 햇빛인데
지금 교회당 꼭대기
십자가에 걸리었습니다.

첨탑이 저렇게도 높은데
어떻게 올라갈 수 있을까요.

종소리도 들려오지 않는데
휘파람이나 불며 서성이다가,

괴로웠던 사나이,
행복한 예수 그리스도에게
처럼
십자가가 허락된다면

모가지를 드리우고
꽃처럼 피어나는 피를
어두워 가는 하늘 밑에
조용히 흘리겠습니다.

또 다른 고향

고향에 돌아온 날 밤에
내 백골이 따라와 한 방에 누웠다.

어둔 방은 우주로 통하고
하늘에선가 소리처럼 바람이 불어온다.

어둠 속에서 곱게 풍화작용하는
백골을 들여다보며
눈물짓는 것이 내가 우는 것이냐
백골이 우는 것이냐
아름다운 혼이 우는 것이냐

지조 높은 개는
밤을 새워 어둠을 짖는다.

어둠을 짓는 개는
나를 쫓는 것일 게다.

가자 가자
쫓기우는 사람처럼 가자
백골 몰래
아름다운 또 다른 고향에 가자.

길

잃어버렸습니다.
무얼 어디다 잃었는지 몰라
두 손이 주머니를 더듬어
길에 나아갑니다.

돌과 돌과 돌이 끝없이 연달아
길은 돌담을 끼고 갑니다.

담은 쇠문을 굳게 닫아
길 위에 긴 그림자를 드리우고

길은 아침에서 저녁으로
저녁에서 아침으로 통했습니다.

돌담을 더듬어 눈물짓다
쳐다보면 하늘은 부끄럽게 푸릅니다.

풀 한 포기 없는 이 길을 걷는 것은
담 저쪽에 내가 남아 있는 까닭이고,

내가 사는 것은 다만,
잃은 것을 찾는 까닭입니다.

흰 그림자

황혼이 짙어지는 길모금에서
하루 종일 시들은 귀를 가만히 기울이면
땅거미 옮겨지는 발자취 소리,

발자취 소리를 들을 수 있도록
나는 총명했던가요.

이제 어리석게도 모든 것을 깨달은 다음
오래 마음 깊은 속에
괴로워하던 수많은 나를
하나, 둘 제 고장으로 돌려보내면
거리 모퉁이 어둠 속으로
소리 없이 사라지는 흰 그림자.

흰 그림자들
연연히 사랑하던 흰 그림자들.

내 모든 것을 돌려보낸 뒤
허전히 뒷골목을 돌아
황혼처럼 물드는 내 방으로 돌아오면

신념이 깊은 의젓한 양(羊)처럼
하루 종일 시름없이 풀포기나 뜯자.

사랑스런 추억

봄이 오던 아침, 서울 어느 쪼그만 정거장에서
희망과 사랑처럼 기차를 기다려,

나는 플랫포옴에 간신한 그림자를 떨어트리고,
담배를 피웠다.

내 그림자는 담배 연기 그림자를 날리고,
비둘기 한 떼가 부끄러운 것도 없이
나래 속을 속, 속, 햇빛에 비춰 날았다.

기차는 아무 새로운 소식도 없이
나를 멀리 실어다 주어,

봄은 다 가고 — 동경 교외 어느 조용한 하숙방
에서, 옛 거리에 남은 나를 희망과 사랑처럼 그
리워한다.

오늘도 기차는 몇 번이나 무의미하게 지나가고,
오늘도 나는 누구를 기다려 정거장 가차운 언덕
에서 서성거릴 게다.

— 아아 젊음은 오래 거기 남아 있거라.

흐르는 거리

으스름히 안개가 흐른다. 거리가 흘러간다. 저
전차, 자동차, 모든 바퀴가 어디로 흘리워 가는
것일까? 정박할 아무 항구도 없이, 가련한 많은
사람들을 싣고서, 안개 속에 잠긴 거리는,

거리 모퉁이 붉은 포스트 상자를 붙잡고 섰을라
면 모든 것이 흐르는 속에 어렴풋이 빛나는 가로
등, 꺼지지 않는 것은 무슨 상징일까? 사랑하는
동무 박(朴)이여! 그리고 김(金)이여! 자네들은
지금 어디 있는가? 끝없이 안개가 흐르는데,

'새로운 날 아침 우리 다시 정답게 손목을 잡아
보세' 몇 자 적어 포스트 속에 떨어트리고, 밤을
새워 기다리면 금휘장에 금단추를 삐었고 거인
처럼 찬란히 나타나는 배달부, 아침과 함께 즐거

운 내림(來臨)[2],

이 밤을 하염없이 안개가 흐른다.

---

2 '남이 자기 있는 곳으로 찾아오는 일'을 높여서 이르는 말.

별 헤는 밤

계절이 지나가는 하늘에는
가을로 가득 차 있습니다.

나는 아무 걱정도 없이
가을 속의 별들을 다 헤일 듯합니다.

가슴속에 하나 둘 새겨지는 별을
이제 다 못 헤는 것은
쉬이 아침이 오는 까닭이요,
내일 밤이 남은 까닭이요,
아직 나의 청춘이 다하지 않은 까닭입니다.

별 하나에 추억과
별 하나에 사랑과
별 하나에 쓸쓸함과

별 하나에 동경과
별 하나에 시와
별 하나에 어머니, 어머니,

어머님, 나는 별 하나에 아름다운 말 한마디씩
불러 봅니다. 소학교 때 책상을 같이 했던 아이
들의 이름과, 패(佩), 경(鏡), 옥(玉) 이런 이국 소
녀들의 이름과 벌써 애기 어머니 된 계집애들의
이름과, 가난한 이웃 사람들의 이름과, 비둘기,
강아지, 토끼, 노새, 노루, 프랑시스 잠, 라이너
마리아 릴케 이런 시인의 이름을 불러 봅니다.

이네들은 너무나 멀리 있습니다.
별이 아스라이 멀듯이,

어머님,

그리고 당신은 멀리 북간도에 계십니다.

나는 무엇인지 그리워

이 많은 별빛이 내린 언덕 위에

내 이름자를 써 보고,

흙으로 덮어 버리었습니다.

딴은 밤을 새워 우는 벌레는

부끄러운 이름을 슬퍼하는 까닭입니다.

그러나 겨울이 지나고 나의 별에도 봄이 오면

무덤 위에 파란 잔디가 피어나듯이

내 이름자 묻힌 언덕 위에도

자랑처럼 풀이 무성할 게외다.

44

2장
—
쉽게 씌어진 시

쉽게 씌어진 시(詩)

창밖에 밤비가 속살거려
육첩방(六疊房)은 남의 나라,

시인이란 슬픈 천명인 줄 알면서도
한 줄 시를 적어볼까,

땀내와 사랑내 포근히 품긴
보내주신 학비 봉투를 받아

대학 노 — 트를 끼고
늙은 교수의 강의 들으러 간다.

생각해 보면 어린 때 동무를
하나, 둘, 죄다 잃어버리고

나는 무얼 바라
나는 다만, 홀로 침전하는 것일까?

인생은 살기 어렵다는데
시가 이렇게 쉽게 씌어지는 것은
부끄러운 일이다.

육첩방은 남의 나라
창밖에 밤비가 속살거리는데,

등불을 밝혀 어둠을 조금 내몰고,
시대처럼 올 아침을 기다리는 최후의 나,

나는 나에게 작은 손을 내밀어
눈물과 위안으로 잡는 최초의 악수.

봄

봄이 혈관 속에 시내처럼 흘러

돌, 돌, 시내 가차운 언덕에

개나리, 진달래, 노 ─ 란 배추꽃,

삼동을 참아온 나는

풀포기처럼 피어난다.

즐거운 종달새야

어느 이랑에서나 즐거웁게 솟쳐라[1]

푸르른 하늘은

아른아른 높기도 한데……

―――――
1 '솟구쳐라'를 이르는 말.

유언

후어 — ㄴ한 방에
유언은 소리 없는 입놀림.

— 바다에 진주 캐러 갔다는 아들
해녀와 사랑을 속삭인다는 맏아들,
이 밤에사 돌아오나 내다봐라 —

평생 외롭던 아버지의 운명
감기우는 눈에 슬픔이 어린다.

외딴집에 개가 짖고
휘양찬 달이 문살에 흐르는 밤.

간(肝)

바닷가 햇빛 바른 바위 위에
습한 간을 펴서 말리우자.

코카사쓰 산중에서 도망해 온 토끼처럼
둘러리를 빙빙 돌며 간을 지키자.

내가 오래 기르던 여윈 독수리야!
와서 뜯어 먹어라, 시름없이

너는 살지고
나는 여위어야지, 그러나,

거북이야!
다시는 용궁의 유혹에 안 떨어진다.

프로메테우스 불쌍한 프로메테우스

불 도적한 죄로 목에 맷돌을 달고

끝없이 침전하는 프로메테우스.

산골물

괴로운 사람아 괴로운 사람아
옷자락 물결 속에서도
가슴속 깊이 돌돌 샘물이 흘러
이 밤을 더불어 말할 이 없도다.
거리의 소음과 노래 부를 수 없도다.
그신듯이 냇가에 앉았으니
사랑과 일을 거리에 맡기고
가만히 가만히
바다로 가자,
바다로 가자.

달같이

연륜이 자라듯이
달이 자라는 고요한 밤에
달같이 외로운 사랑이
가슴 하나 뻐근히
연륜처럼 피어 나간다.

참회록(懺悔錄)

파란 녹이 낀 구리거울 속에
내 얼굴이 남아 있는 것은
어느 왕조의 유물이기에
이다지도 욕될까

나는 나의 참회의 글을 한 줄에 줄이자
— 만 24년 1개월을
무슨 기쁨을 바라 살아왔던가

내일이나 모레나 그 어느 즐거운 날에
나는 또 한 줄의 참회록을 써야 한다.
— 그때 그 젊은 나이에
왜 그런 부끄런 고백을 했던가

밤이면 밤마다 나의 거울을
손바닥으로
발바닥으로 닦아 보자.

그러면 어느 운석 밑으로 홀로 걸어가는
슬픈 사람의 뒷모양이
거울 속에 나타나 온다.

사랑의 전당

순아 너는 내 전(殿)에 들어왔든 것이냐?
내사 언제 네 전에 들어갔든 것이냐?

우리들의 전당은
고풍한 풍습이 어린 사랑의 전당

순아 암사슴처럼 수정눈을 나려감어라.
난 사자처럼 엉크린 머리를 고루련다.[2]

우리들의 사랑은 한낱 벙어리였다.

성스런 촛대에 열(熱)한 불이 꺼지기 전
순아 너는 앞문으로 내 달려라.

———
2 '고르다'의 북한어.

어둠과 바람이 우리 창에 부닥치기 전
나는 영원한 사랑을 안은 채
뒷문으로 멀리 사라지련다.

이제 네게는 삼림 속의 아늑한 호수가 있고
내게는 준험한 산맥이 있다.

바다

실어다 뿌리는
바람 조차 씨원타.

솔나무 가지마다 새침히
고개를 돌리어 뻐들어지고,

밀치고
밀치운다.

이랑을 넘는 물결은
폭포처럼 피어오른다.

해변에 아이들이 모인다.
찰찰 손을 씻고 구보로.

바다는 자꾸 섧어진다.
갈매기의 노래에……

돌아다 보고 돌아다 보고
돌아가는 오늘의 바다여!

소낙비

번개, 뇌성, 왁자지근 뚜다려
머ㅡㄴ 도회지에 낙뢰가 있어만 싶다.

벼루짱 엎어논 하늘로
살같은 비가 살처럼 쏟아진다.

손바닥만한 나의 정원이
마음같이 흐린 호수되기 일쑤다.

바람이 팽이처럼 돈다.
나무가 머리를 이루 잡지 못한다.

내 경건(敬虔)한 마음을 모셔드려
노아 때 하늘을 한 모금 마시다.

풍경(風景)

봄바람을 등진 초록빛 바다
쏟아질 듯 쏟아질 듯 위태롭다.

잔주름 치마폭의 두둥실거리는 물결은,
오스라질듯 한끝 경쾌롭다.

마스트 끝에 붉은 깃발이
여인의 머리칼처럼 나부낀다.

이 생생한 풍경을 앞세우며 뒤세우며
외 — ㄴ 하루 거닐고 싶다.

— 우중충한 오월 하늘 아래로,
— 바닷빛 포기포기에 수놓은 언덕으로.

장

이른 아침 아낙네들은 시들은 생활을
바구니 하나 가득 담아 이고……
업고 지고…… 안고 들고……
모여드오 자꾸 장에 모여드오.

가난한 생활을 골골이 버려놓고
밀려가고 밀려오고……
제마다 생활을 외치오…… 싸우오.

왼 하루 올망졸망한 생활을
되질하고 저울질하고 자질하다가
날이 저물어 아낙네들이
쓴 생활과 바꾸어 또 이고 돌아가오.

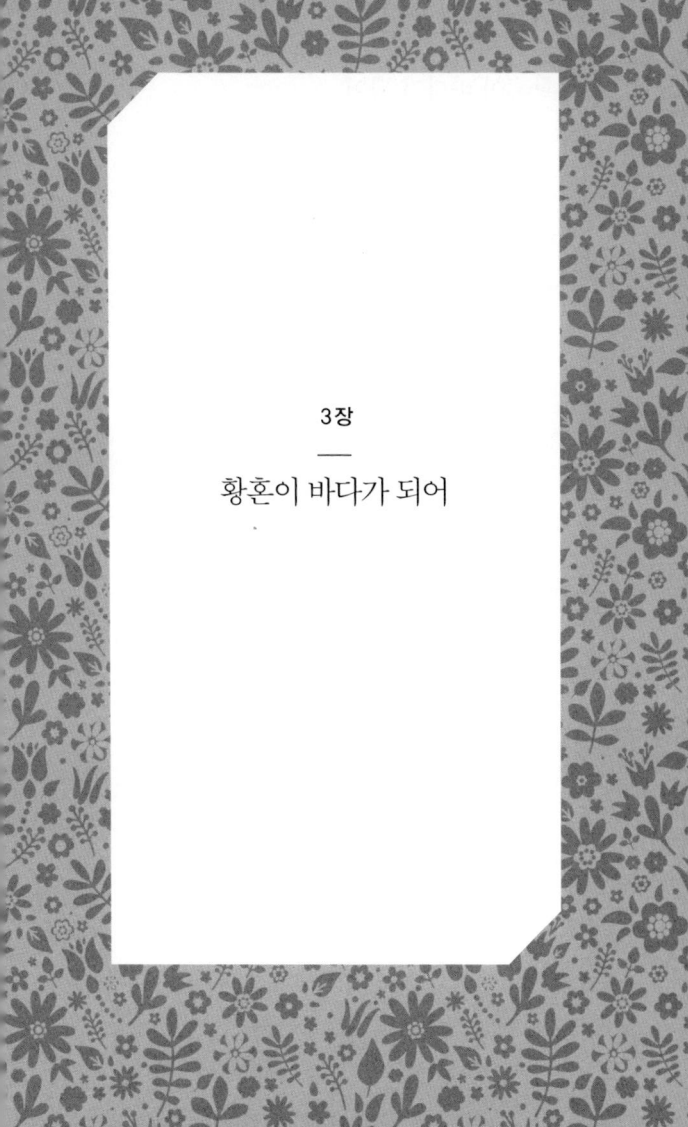

3장

—

황혼이 바다가 되어

황혼이 바다가 되어

하루도 검푸른 물결에
흐느적 잠기고…… 잠기고……

저 ─ 웬 검은 고기떼가
물든 바다를 날아 횡단(橫斷)하고.

낙엽(落葉)이 된 해초(海草)
해초마다 슬프기도 하오.

서창(西窓)에 걸린 해말간 풍경화.
옷고름 너어는¹ 고아(孤兒)의 설움.

---

1 '씹는', '빠는'이라는 뜻의 북한 사투리.

이제 첫 항해(航海)하는 마음을 먹고

방바닥에 나뒹구오…… 뒹구오……

황혼이 바다가 되어

오늘도 수많은 배가

나와 함께 이 물결에 잠겼을게오.

빨래

빨랫줄에 두 다리를 드리우고
흰 빨래들이 귓속 이야기하는 오후,

쨍쨍한 칠월 햇발은 고요히도
아담한 빨래에만 달린다.

산상(山上)

거리가 바둑판처럼 보이고,
강물이 배암의 새끼처럼 기는
산 위에까지 왔다.
아직쯤은 사람들이
바둑돌처럼 버려 있으리라.

한나절의 태양이
함석지붕에만 비치고,
굼벵이 걸음을 하는 기차가
정거장에 섰다가 검은 내를 토하고
또 걸음발을 탄다.

텐트 같은 하늘이 무너져
이 거리 덮을까 궁금하면서
좀더 높은 데로 올라가고 싶다.

창공

그 여름날
열정의 포플러는
오려는 창공의 푸른 젖가슴을
어루만지려
팔을 펼쳐 흔들거렸다
끓는 태양 그늘 좁다란 지점에서
천막 같은 하늘 밑에서
떠들던 소나기
그리고 번개를,

춤추던 구름을 이끌고
남방으로 도망하고,
높다랗게 창공은 한 폭으로
가지 위에 퍼지고
둥근 달과 기러기를 불러왔다.

푸드른[2] 어린 마음이 이상(理想)에 타고

그의 동경(憧憬)의 날 가을에

조락(凋落)[3] 의 눈물을 비웃다.

---

2 '푸들다', '살이 오른다'는 뜻의 북한 사투리.
3 초목의 잎 따위가 시들어 떨어짐.

거리에서

달밤의 거리
광풍이 휘날리는
북국의 거리
도시의 진주
전등 밑을 헤엄치는
조그만 인어 나,
달과 전등에 비쳐
한몸에 둘셋의 그림자
커졌다 작아졌다.

괴롬의 거리
재색빛 밤거리를
걷고 있는 이 마음
선풍(旋風)이 일고 있네
외로우면서도

한 갈피 두 갈피

피어나는 마음의 그림자,

푸른 공상이

높아졌다 낮아졌다.

산울림

까치가 울어서
산울림,
아무도 못들은
산울림.

까치가 들었다,
산울림,
저 혼자 들었다,
산울림.

편지

누나!
이 겨울에도
눈이 가득히 왔습니다.

흰 봉투에
눈을 한 줌 넣고
글씨도 쓰지 말고
우표도 붙이지 말고
말숙하게 그대로
편지를 부칠까요?

누나 가신 나라엔
눈이 아니 온다기에.

굴뚝

산골짜기 오막살이 낮은 굴뚝엔
몽기몽기 웨인[4] 연기 대낮에 솟나,

감자를 굽는 게지 총각애들이
깜박깜박 검은 눈이 모여 앉아서
입술에 꺼멓게 숯을 바르고
옛이야기 한커리에 감자 하나씩.

산골짜기 오막살이 낮은 굴뚝엔
살랑살랑 솟아나네 감자 굽는 내.

---

4 '웬'이란 뜻인데 운율을 맞추기 위해 변용함.

그 여자

함께 핀 꽃에 처음 익은 능금은
먼저 떨어졌습니다.

오늘도 가을바람은 그냥 붑니다.

길가에 떨어진 붉은 능금은
지나는 손님이 집어 갔습니다.

공상

공상—

내 마음의 탑

나는 말없이 이 탑을 쌓고 있다.

명예와 허영의 천공에다

무너질 줄 모르고

한 층 두 층 높이 쌓는다.

무한한 나의 공상—

그것은 내 마음의 바다,

나는 두 팔을 펼쳐서

나의 바다에서

자유로이 헤엄친다.

황금 지욕(知慾)[5]의 수평선을 향하여.

———

5 지식에 대한 욕망.

호주머니

넣을 것 없어
걱정이던
호주머니는,

겨울만 되면
주먹 두 개 갑북갑북[6].

6 '가득'을 의미하는 평안도 방언.

고향집
— 만주에서 부른

헌 짚신짝 끄을고
나 여기 왜 왔노
두만강을 건너서
쓸쓸한 이 땅에

남쪽 하늘 저 밑에
따뜻한 내 고향
내 어머니 계신 곳
그리운 고향집

나무

나무가 춤을 추면
바람이 불고
나무가 잠잠하면
바람도 자오.

투르게네프의 언덕

나는 고갯길을 넘고 있었다…… 그 때에 세 소년 거지가 나를 지나쳤다.

첫째 아이는 잔등에 바구니를 둘러메고, 바구니 속에는 사이다병, 간즈메통, 쇳조각, 헌 양말짝 등 폐물이 가득하였다.

둘째 아이도 그러하였다.

셋째 아이도 그러하였다.

텁수룩한 머리털, 시커먼 얼굴에 눈물 고인 충혈된 눈, 색 잃어 푸르스름한 입술, 너들너들한 남루[7], 찢겨진 맨발,

아아, 얼마나 무서운 가난이 이 어린 소년들을 삼키었느냐!

나는 측은한 마음이 움직이었다.

_____

7 낡아 해진 옷.

나는 호주머니를 뒤지었다. 두툼한 지갑, 시계, 손수건…… 있을 것은 죄다 있었다.

그러나 무턱대고 이것들을 내줄 용기는 없었다. 손으로 만지작 만지작거릴 뿐이었다.

다정스레 이야기나 하리라 하고 "얘들아" 불러 보았다.

첫째 아이가 충혈된 눈으로 흘끔 돌아다볼 뿐이었다.

둘째 아이도 그러할 뿐이었다.

셋째 아이도 그러할 뿐이었다.

그리고는 너는 상관없다는 듯이 자기네끼리 소곤소곤 이야기하면서 고개로 넘어갔다.

언덕 위에는 아무도 없었다.

짙어가는 황혼이 밀려들 뿐

야행(夜行)

정각! 마음이 아픈 데 있어 고약을 붙이고

시들은 다리를 끄을고 떠나는 행장,

— 기적이 들리잖게 운다.

사랑스런 여인이 타박타박 땅을 굴려 쫓기에

하도 무서워 상가교(上架橋)를 기어 넘다.

— 이제로부터 등산철도,

이윽고 사색의 포플러 터널로 들어간다.

시(詩)라는 것을 반추하다. 마땅히 반추하여야

한다.

— 저녁 연기가 노을로 된 이후

휘파람 부는 햇귀뚜라미의

노래는 마디마디 끊어져

그믐달처럼 호젓하게 슬프다.

늬는 노래 배울 어머니도 아바지도 없나보다.

— 늬는 다리 가는 쬐그만 보헤미안,

내사 보리밭 동리에 어머니도
누나도 있다.
그네는 노래 부를 줄 몰라

오늘밤도 그윽한 한숨으로 보내리니 —

4장

—

달을 쏘다

달을 쏘다

 번거롭던 사위(四圍)가 잠잠해지고 시계 소리
가 또렷하나 보니 밤은 저윽이 깊을 대로 깊은
모양이다. 보던 책자를 책상머리에 밀어놓고 잠
자리를 수습한 다음 잠옷을 걸치는 것이다. "딱"
스위치 소리와 함께 전등을 끄고 창녘의 침대에
드러누우니 이때까지 밝은 휘양찬 달밤이었던
것을 감각치 못하였었다. 이것도 밝은 전등의 혜
택이었을까.

 나의 누추한 방이 달빛에 잠겨 아름다운 그림
이 된다는 것보다도 오히려 슬픈 선창이 되는 것
이다. 창살이 이마로부터 콧마루, 입술, 이렇게
하얀 가슴에 여민 손등에까지 어른거려 나의 마
음을 간지르는 것이다. 옆에 누운 분의 숨소리에
방은 무시무시해진다. 아이처럼 황황해지는[1] 가
슴에 눈을 치떠서 밖을 내다보니 가을 하늘은 역

86

시 맑고 우거진 송림은 한 폭의 묵화다. 달빛은 솔가지에 솔가지에 쏟아져 바람인 양 쇄— 소리가 날 듯하다. 들리는 것은 시계 소리와 숨소리와 귀또리 울음뿐 벅쩍[2] 고던 기숙사도 절간보다 더 한층 고요한 것이 아니냐?

나는 깊은 사념에 잠기우기 한창이다. 딴은 사랑스런 아가씨를 사유(私有)할 수 있는 아름다운 상화(想華)[3]도 좋고, 어릴 적 미련을 두고 온 고향에의 향수도 좋거니와 그보다 손쉽게 표현 못할 심각한 그 무엇이 있다.

바다를 건너온 H군의 편지 사연을 곰곰 생각할수록 사람과 사람 사이의 감정이란 미묘한 것이다. 감상적인 그에게도 필연코 가을은 왔나 보다.

_____
1 갈팡질팡 어쩔 줄 모르게 급해지는.
2 많은 사람이 매우 어수선하게 큰 소리로 떠들거나 움직이는 모양.
3 일정한 형식을 따르지 않고 인생, 자연, 또는 일상생활에서의 느낌이나 체험을 생각나는 대로 쓴 산문 형식.

편지는 너무나 지나치지 않았던가. 그중 한 토막,

"군아, 나는 지금 울며울며 이 글을 쓴다. 이 밤도 달이 뜨고, 바람이 불고, 인간인 까닭에 가을이란 흙냄새도 안다. 정의 눈물, 따뜻한 예술학도였던 정의 눈물도 이 밤이 마지막이다."

또 마지막 컷으로 이런 구절이 있다. "당신은 나를 영원히 쫓아버리는 것이 정직할 것이오."

나는 이 글의 뉘앙스를 해득할 수 있다. 그러나 사실 나는 그에게 아픈 소리 한마디 한 일이 없고 서러운 글 한쪽 보낸 일이 없지 아니한가. 생각컨대 이 죄는 다만 가을에게 지워 보낼 수밖에 없다.

홍안서생으로 이런 단안4을 내리는 것은 외람한 일이나 동무란 한낱 괴로운 존재요 우정이란 진정코 위태로운 잔에 떠놓은 물이다. 이 말을

---

4 옳고 그름을 판단함.

반대할 자 누구랴. 그러나 지기 하나 얻기 힘든
다 하거늘 알뜰한 동무 하나 잃어버린다는 것이
살을 베어내는 아픔이다.

나는 나를 정원에서 발견하고 창을 넘어 나왔
다든가 방문을 열고 나왔다든가 왜 나왔느냐 하
는 어리석은 생각에 두뇌를 괴롭게 할 필요는
없는 것이다. 다만 귀뚜라미 울음에도 수줍어지
는 코스모스 앞에 그윽히 서서 닥터 빌링스의
동상 그림자처럼 슬퍼지면 그만이다. 나는 이
마음을 아무에게나 전가시킬 심보는 없다. 옷깃
은 민감이어서 달빛에도 싸늘히 추워지고 가을
이슬이란 선득선득하여서 설운 사나이의 눈물
인 것이다.

발걸음은 몸뚱이를 옮겨 못가에 세워줄 때 못
속에도 역시 가을이 있고, 삼경이 있고, 나무가
있고 달이 있다.

그 찰나 가을이 원망스럽고 달이 미워진다. 더
듬어 돌을 찾아 달을 향하여 죽어라고 팔매질을

하였다. 통쾌! 달은 산산히 부서지고 말았다. 그러나 놀랐던 물결이 잦아들 때 오래잖아 달은 도로 살아난 것이 아니냐, 문득 하늘을 쳐다보니 얄미운 달은 머리 위에서 빈정대는 것을……

나는 곳곳한 나뭇가지를 고나 띠를 째서 줄을 매어 훌륭한 활을 만들었다. 그리고 좀 탄탄한 갈대로 화살을 삼아 무사의 마음을 먹고 달을 쏘다.

별똥 떨어진 데

밤이다.

하늘은 푸르다 못해 농회색으로 캄캄하나 별들만은 또렷또렷 빛난다. 침침한 어둠뿐만 아니라 오삭오삭 춥다. 이 육중한 기류 가운데 자조하는 한 젊은이가 있다. 그를 나라고 불러두자.

나는 이 어둠에서 배태[5]되고 이 어둠에서 생장하여서 아직도 이 어둠 속에 그대로 생존하나보다. 이제 내가 갈 곳이 어딘지 몰라 허우적거리는 것이다. 하기는 나는 세기의 초점인 듯 초췌하다. 얼핏 생각하기에는 내 바닥을 반듯이 받들어주는 것도 없고 그렇다고 내 머리를 갑박이 내려누르는 아무것도 없는 듯하다마는 내막은 그렇지도 않다. 나는 도무지 자유스럽지 못하다.

---

5 아이나 새끼를 뱀.

다만 나는 없는 듯 있는 하루살이처럼 허공에 부유하는 한 점에 지나지 않는다. 이것이 하루살이처럼 경쾌하다면 마침 다행할 것인데 그렇지를 못하구나!

이 점의 대칭 위치에 또 다른 밝음(明)의 초점이 도사리고 있는 듯 생각된다. 덥석 움키었으면 잡힐 듯도 하다.

마는 그것을 휘잡기에는 나 자신이 둔질(鈍質)[6]이라는 것보다 오히려 내 마음에 아무런 준비도 배포[7]치 못한 것이 아니냐. 그리고 보니 행복이란 별스런 손님을 불러들이기에도 또 다른 한 가닥 구실을 치르지 않으면 안 될까 보다.

이 밤에 나에게 있어 어릴 적처럼 한낱 공포의 장막인 것은 벌써 흘러간 전설이오. 따라서 이 밤이 향락의 도가니라는 이야기도 나의 염원에선 아직 소화시키지 못할 돌덩이다. 오로지 밤은

---

6 둔한 성질이나 기질.
7 머리를 써서 일을 조리 있게 계획함.

나의 도전의 호적(好適)이면 그만이다.

　이것이 생생한 관념세계에만 머무른다면 애석한 일이다. 어둠 속에 깜박깜박 조을며 다다다다 나란히 한 초가들이 아름다운 시의 화사(華詞)가 될 수 있다는 것은 벌써 지나간 제너레이션의 이야기요. 오늘에 있어서는 다만 말 못하는 비극의 배경이다.

　이제 닭이 홰를 치면서 맵짠 울음을 뽑아 밤을 쫓고 어둠을 짓내몰아 동켠으로 휜 — 히 새벽이란 새로운 손님을 불러온다 하자. 하나 경망스럽게 그리 반가워할 것은 없다. 보아라, 가령 새벽이 왔다 하더라도 이 마을은 그대로 암담하고 나도 그대로 암담하고 하여서 너나 나나 이 가랑지길8에서 주저주저 아니치 못할 존재들이 아니냐.

　나무가 있다.

---

8 갈림길.

그는 나의 오랜 이웃이요 벗이다. 그렇다고 그와 내가 성격이나 환경이나 생활이 공통한 데 있어서가 아니다. 말하자면 극단과 극단 사이에도 애정이 관통할 수 있다는 기적적인 교분의 표본에 지나지 못할 것이다.

나는 처음 그를 퍽 불행한 존재로 가소롭게 여겼다. 그의 앞에 설 때 슬퍼지고 측은한 마음이 앞을 가리곤 하였다. 마는 돌이켜 생각컨대 나무처럼 행복한 생물은 다시 없을 듯하다. 굳음에는 이루 비길 데 없는 바위에도 그리 탐탁치는 못할 망정 자양분이 있다 하거늘 어디로 간들 생의 뿌리를 박지 못하며 어디로 간들 생활의 불평이 있을소냐. 칙칙하면 솔솔 솔바람이 불어오고, 심심하면 새가 와서 노래를 부르다 가고, 촐촐하면 한줄기 비가 오고, 밤이면 수많은 별들과 오손도손 이야기할 수 있고 — 보다 나무는 행동의 방향이란 거추장스런 과제에 봉착하지 않고 인위적으로든 우연으로든 탄생시켜준 자리를 지켜

무진무궁한 영양소를 흡취하고 영롱한 햇빛을 받아들여 손쉽게 생활을 영위하고 오로지 하늘만 바라고 뻗어질 수 있는 것이 무엇보다 행복스럽지 않으냐.

이 밤도 과제를 풀지 못하여 안타까운 나의 마음에 나무의 마음이 점점 옮아오는 듯하고, 행동할 수 있는 자랑을 자랑치 못함에 뼈저리듯 하나 나의 젊은 선배의 웅변에 왈 선배도 믿지 못할 것이라니 그러면 영리한 나무에게 나의 방향을 물어야 할 것인가.

어디로 가야 하느냐 동이 어디냐 서가 어디냐 남이 어디냐 아차! 저 별이 번쩍 흐른다. 별똥 떨어진 데가 내가 갈 곳인가 보다. 하면 별똥아! 꼭 떨어져야 할 곳에 떨어져야 한다.

화원에 꽃이 핀다

개나리, 진달래, 앉은뱅이, 라일락, 민들레, 찔레, 복사, 들장미, 해당화, 모란, 릴리, 창포, 튤울립, 카네이션, 봉선화, 백일홍, 채송화, 다알리아, 해바라기, 코스모스 — 코스모스가 홀홀히 떨어지는 날 우주의 마지막은 아닙니다. 여기에 푸른 하늘이 높아지고 빨간 노란 단풍이 꽃에 못지않게 가지마다 물들었다가 귀또리 울음이 끊어짐과 함께 단풍의 세계가 무너지고 그 위에 하룻밤 사이에 소복이 흰 눈이 내려 쌓이고 화로에는 빨간 숯불이 피어오르고 많은 이야기와 많은 일이 이 화롯가에서 이루어집니다.

독자제현! 여러분은 이 글이 씌어지는 때를 독특한 계절로 짐작해서는 아니 됩니다. 아니, 봄, 여름, 가을, 겨울, 어느 철로나 상정하셔도 무방합니다. 사실 1년 내내 봄일 수는 없습니다. 하나 이 화원에는 사철 내 봄이 청춘들과 함께 싱싱하게 등대하여 있다고 과분한 자기선전일까요. 하나의 꽃밭이 이루어지도록 손쉽게 되는 것이 아니라 고생과 노력이 있어야 하는 것입니다. 딴은 얼마의 단어를 모아 이 졸문(拙文)을 지적거리는 데도 내 머리는 그렇게 명철한 것은 못됩니다. 한 해 동안을 내 두뇌로서가 아니라 몸으로서 일일이 헤아려 세포 사이마다 간직해 두어서야 몇 줄의 글이 이루어집니다. 그리하여 나에게 있어 글을 쓴다는 것이 그리 즐거운 일일 수는 없습니다. 봄바람의 고민에 찌들고 녹음의 권태에 시들고, 가을 하늘 감상에 울고, 노변의 사색에 졸다가 이 몇 줄의 글과 나의 화원과 함께 나의 1년은 이루어집니다.

시간을 먹는다는(이 말의 의의와 이 말의 묘미는 칠판 앞에 서 보신 분과 칠판 밑에 앉아 보신 분은 누구나 아실 것입니다) 것은 확실히 즐거운 일임에 틀림없습니다. 하루를 휴강한다는 것보다 (하

긴 슬그머니 까먹어 버리면 그만이지만) 다못⁹ 한 시
간, 숙제를 못해 왔다든가 따분하고 졸리고 한때,
한 시간의 휴강은 진실로 살로 가는 것이어서, 만
일 교수가 불편하여서 못 나오셨다고 하더라도
미처 우리들의 예의를 갖출 사이가 없는 것입니
다. 그러나 이것을 우리들의 망발과 시간의 낭비
라고 속단하셔선 아니 됩니다. 여기에 화원이 있
습니다. 한 포기 푸른 풀과 한 떨기의 붉은 꽃과
함께 웃음이 있습니다. 노ㅡ트장을 적시는 것보
다 한우충동(汗牛充棟)¹⁰에 묻혀 글줄과 씨름하
는 것보다 더 정확한 진리를 탐구할 수 있을런
지, 보다 더 많은 지식을 획득할 수 있을런지, 보
다 더 효과적인 성과가 있을지를 누가 부인하겠
습니까.

　나는 이 귀한 시간을 슬그머니 동무들을 떠나

---

9 '다만'의 방언.
10 짐으로 실으면 소가 땀을 흘리고, 쌓으면 들보까지 찬다는 뜻
　으로, 책이 매우 많음을 이름.

서 단 혼자 화원을 거닐 수 있습니다. 단 혼자 꽃
들과 풀들과 이야기할 수 있다는 것이 얼마나 다
행한 일이겠습니까. 참말 나는 온성으로 이들
을 대할 수 있고 그들은 나를 웃음으로 맞아 줍
니다. 그 웃음을 눈물로 대한다는 것은 나의 감
상일까요. 고독, 정숙도 확실히 아름다운 것임에
틀림이 없으나, 여기에도 또 서로 마음을 주는
동무가 있는 것도 다행한 일이 아닐 수 없습니
다. 우리 화원 속에 모인 동무들 중에, 집에 학비
를 청구하는 편지를 쓰는 날 저녁이면 생각하고
생각하던 끝 겨우 몇 줄 써 보낸다는 A군, 기뻐해
야 할 서류(통칭 월급봉투)를 받아든 손이 떨린다
는 B군, 사랑을 위하여서는 밥맛을 잃고 잠을 잊
어버린다는 C군, 사상적 당착에 자살을 기약한
다는 D군…… 나는 이 여러 동무들의 갸륵한 심
정을 내 것인 것처럼 이해할 수 있습니다. 서로
너그러운 마음으로 대할 수 있습니다.

　나는 세계관, 인생관, 이런 좀더 큰 문제보다

바람과 햇빛과 나무와 우정, 이런 것들에 더 많이 괴로워해 왔는지도 모르겠습니다. 단지 이 말이 나의 역설이나 나 자신을 흐리우는 데 지날 뿐일까요. 일반은 현대 학생 도덕이 부패했다고 말합니다. 스승을 섬길 줄을 모른다고들 합니다. 옳은 말씀들입니다. 부끄러울 따름입니다. 하나이 결함을 괴로워하는 우리들 어깨에 지워 광야로 내쫓아 버려야 하나요. 우리들의 아픈 데를 알아주는 스승, 우리들의 생채기를 어루만져 주는 따뜻한 세계가 있다면 박탈된 도덕일지언정 기울여 스승을 진심으로 존경하겠습니다. 온정의 거리에서 원수를 만나면 손목을 붙잡고 목놓아 울겠습니다.

세상은 해를 거듭 포성에 떠들썩하건만 극히 조용한 가운데 우리들 동산에서 서로 융합할 수 있고 이해할 수 있고 종전의 X가 있는 것은 시세의 역효과일까요.

봄이 가고, 여름이 가고, 코스모스가 홀홀히

떨어지는 날 우주의 마지막은 아닙니다. 단풍의 세계가 있고 ─ 이상이견빙지(履霜而堅氷至) ─ 서리를 밟거든 얼음이 굳어질 것을 각오하라가 아니라, 우리는 서릿발에 끼친 낙엽을 밟으면서 멀리 봄이 올 것을 믿습니다.

노변에서 많은 일이 이뤄질 것입니다.

종시(終始)

  종점이 시점이 된다. 다시 시점이 종점이 된다.

  아침저녁으로 이 자국을 밟게 되는데 이 자국을 밟게 된 연유가 있다. 일찍이 서산대사가 살았을 듯한 우거진 송림 속, 게다가 덩그러시 살림집은 외따로 한 채뿐이었으나 식구로는 굉장한 것이어서 한 지붕 밑에서도 팔도 사투리를 죄다 들을 만큼 모아 놓은 미끈한 장정들만이 욱실욱실하였다. 이곳에 법령은 없었으나 여인 금납구(禁納區)였다. 만일 강심장의 여인이 있어 불의의 침입이 있다면 우리들의 호기심을 저윽이 자아내었고 방마다 새로운 화제가 생기곤 하였다. 이렇듯 수도생활에 나는 소라 속처럼 안도하였던 것이다.

  사건이란 언제나 큰 데서 동기가 되는 것보다 오히려 작은 데서 더 많이 발작하는 것이다.

눈 온 날이었다. 동숙하는 친구의 친구가 한 시간 남짓한 문안 들어가는 차 시간까지를 낭비하기 위하여 나의 친구를 찾아 들어와서 하는 대화였다.

"자네 여보게 이 집 귀신이 되려나?"

"조용한 게 공부하기 작히나[11] 좋잖은가?"

"그래 책장이나 뒤적뒤적하면 공부ㄴ줄 아나? 전차 간에서 내다볼 수 있는 광경, 정거장에서 맛볼 수 있는 광경, 다시 기차 속에서 대할 수 있는 모든 일들이 생활 아닌 것이 없거든. 생활 때문에 싸우는 이 분위기에 잠겨서, 보고, 생각하고, 분석하고, 이거야말로 진정한 의미의 교육이 아니겠는가. 여보게! 자네 책장만 뒤지고 인생이 어더렇니 사회가 어더렇니 하는 것은 16세기에서나 찾아볼 일일세. 단연 문안으로 나오도록 마음을 돌리게."

---

11 '작히'를 강조하여 이르는 말(작히: 어찌 조금만큼만, 얼마나).

나한테 하는 권고는 아니었으나 이 말에 귀틈이 뚫려 상푸둥 그러리라고 생각하였다. 비단 여기만이 아니라 인간을 떠나서 도를 닦는다는 것이 한낱 오락이요, 오락이매 생활이 될 수 없고 생활이 없으매 이 또한 죽은 공부가 아니냐. 공부도 생활화하여야 되리라 생각하고 불일내에 문 안으로 들어가기를 내심으로 단정해 버렸다. 그 뒤 매일같이 이 자국을 밟게 된 것이다.

나만 일찍이 아침거리의 새로운 감촉을 맛볼 줄만 알았더니 벌써 많은 사람들의 발자욱에 포도(鋪道)는 어수선할 대로 어수선했고 정류장에 머물 때마다 이 많은 무리를 죄다 꾸역꾸역 자꾸 박아 싣는데 늙으니, 젊은이, 아이 할 것 없이 손에 꾸러미를 안 든 사람은 없다. 이것이 그들 생활의 꾸러미요, 동시에 권태의 꾸러민지도 모르겠다.

이 꾸러미를 든 사람들의 얼굴을 하나하나씩 뜯어보기로 한다. 늙은이 얼굴이란 너무 오래 세파에 찌들어서 문제도 안 되겠거니와 그 젊은이들 낮짝이란 도무지 말씀이 아니다. 열이면 열다 우수(憂愁) 그것이오, 백이면 백 다 비참 그것이다. 이들에게 웃음이란 가뭄에 콩싹이다. 필경 귀여우리라는 아이들의 얼굴을 보는 수밖에 없는데 아이들의 얼굴이란 너무 창백하다. 혹시 숙제를 못해서 선생한테 꾸지람을 들을 것이 걱정인지 풀이 죽어 쭈그러뜨린 것이 활기란 도무지 찾아볼 수 없다. 내 상도 필연코 그 꼴일 텐데, 내 눈으로 그 꼴을 모지 못하는 것이 다행이다. 만일 다른 사람의 얼굴을 보듯 그렇게 자주 내 얼굴을 대한다고 할 것 같으면 벌써 요사하였을는지도 모른다.

나는 내 눈을 의심하기로 하고 단념하자!

차라리 감벽 위에 펼친 하늘을 쳐다보는 편이 더 통쾌하다. 눈은 하늘과 성벽 경계선을 따라 달리는 것인데 이 성벽이란 현대로서 캄푸라지[12]한

---

12 카모플라주. 거짓 꾸밈, 위장, 은폐, 속임수 등을 말함.

옛 금성(禁城)[13]이다. 이 안에서 어떤 일이 이루어졌으며 어떤 일이 행하여지고 있는지 성 밖에서 살아왔고 살고 있는 우리들에게는 알 바가 없다. 이제 다만 한 가락 희망은 이 성벽이 끊어지는 곳이다.

기대는 언제나 크게 가질 것이 못되어서 성벽이 끊어지는 곳에 총독부, 도청, 무슨 참고관(參考館), 체신국, 신문사, 소방조, 무슨 주식회사, 부청, 양복점, 고물상 등 나란히 하고 연달아 오다가 아이스케이크 간판에 눈이 잠깐 머무는데, 이놈을 눈 내린 겨울에 빈집을 지키는 꼴이라든가 제 신분에 맞지 않는 가게를 지키는 꼴을 살짝 필름에 올리어 본달 것 같으면 한 폭의 고등(高等) 풍자만화가 될 터인데 하고 나는 눈을 감고 생각하기로 한다. 사실 요즈음 아이스케이크 간판 신세를 면치 아니치 못할 자 얼마나 되랴. 아

---

13 궁궐을 둘러싼 성벽.

이스케이크 간판은 정열에 불타는 염서가 진정코 아수롭다.

눈을 감고 한참 생각하느라면 한 가지 거리끼는 것이 있는데 이것은 도덕률이란 거추장스러운 의무감이다. 젊은 녀석이 눈을 딱 감고 버티고 앉아 있다고 손가락질하는 것 같아야 번쩍 눈을 떠 본다. 하나 가차이 자선할 대상이 없음에 자리를 잃지 않겠다는 심정보다 오히려 아니꼽게 본 사람이 없으리란 데 안심이 된다.

이것은 과단성 있는 동무의 주장이지만 전차에서 만난 사람은 원수요, 기차에서 만난 사람은 지기(知己)라는 것이다. 딴은 그러리라고 얼마큼 수긍하였었다. 한자리에서 몸을 비비적거리면서도 "오늘은 좋은 날씨올시다." "어디서 내리시나요?"쯤의 인사는 주고 받을 법한데 일언반구 없이 뚱 — 한 꼴들이 작으나 큰 원수를 맺고 지나는 사이들 같다. 만일 상냥한 사람이 있어 요만쯤의 예의를 밟는다고 할 것 같으면 전차 속의 사람들은 이를 정신이상자로 대접할 게다. 그러나 기차에서는 그렇지 않다. 명함을 서로 바꾸고 고향 이야기, 행방(行方) 이야기를 거리낌 없이 주고받고 심지어 남의 여로를 자기의 여로인 것처럼 걱정하고 이 얼마나 다정한 인생행로냐?

이러는 사이에 남대문을 지나쳤다. 누가 있어 "자네 매일같이 남대문을 두 번씩 지날 터인데 그래 늘 보곤 하는가."라는 어리석은 듯한 멘탈 테스트를 낸다면 나는 아연해 지지 않을 수 없다. 가만히 기억을 더듬어 본달 것 같으면 늘이 아니라 이 자국을 밟은 이래 그 모습을 한 번이라도 쳐다본 적이 있었던 것 같지 않다. 하기는 나의 생활에 긴한 일이 아니매 당연한 일일 게다. 하나 여기에 하나의 교훈이 있다. 횟수가 너무 잦으면 모든 것이 피상적이 되어 버리나니라.

이것과는 관련이 먼 이야기 같으나 무관한 시간을 까기 위하여 한 마디 하면서 지나가자.

시골서는 내로라고 하는 양반이었던 모양인

데 처음 서울 구경을 하고 돌아가서 며칠 동안 배운 서울 말씨를 선불리 써가며 서울 거리를 손으로 형용하고 말로써 떠벌여 옮겨 놓더란데, 정류장에 턱 내리니 앞에 고색이 창연한 남대문이 반기는 듯 가로막혀 있고, 총독부집이 크고, 창경원에 백 가지 금수가 봄즉했고, 덕수궁의 옛 궁전이 회포를 자아냈고, 화신 승강기는 머리가 힁 — 했고, 본정(本町)엔 전등이 낮처럼 밝은데 사람이 물 밀듯 밀리고 전차란 놈이 윙윙 소리를 지르며 지르며 연달아 달리고 — 서울이 자기 하나를 위하여 이루어진 것처럼 우쭐했는데 이것쯤은 있을 듯한 일이다.

한데 게도 방정꾸러기가 있어 "남대문이란 현판이 참 명필이지요?" 하고 물으니 대답이 걸작이다.

"암 명필이구 말구. 남자(南字), 대자(大字), 문자(門字) 하나하나 살아서 막 꾸물거리는 것 같데."

어느 모로나 서울 자랑하려는 이 양반으로서는 가당한 대답일 게다. 이분에게 아현동 고개 막바지에, ─ 아니 치벽한[14]데 말고, ─ 가차이 종로 뒷골목에 무엇이 있던가를 물었더면 얼마나 당황해 했으랴.

나는 종점을 시점(始點)으로 바꾼다.

내가 내린 곳이 나의 종점이요, 내가 타는 곳이 나의 시점이 되는 까닭이다. 이 짧은 순간 많은 사람들 속에 나를 묻는 것인데 나는 이네들에게 너무나 피상적이 된다. 나의 휴머니티를 이네들에게 발휘해 낸다는 재주가 없다. 이네들의 기쁨과 슬픔과 아픈 데를 나로서는 측량한다는 수가 없는 까닭이다. 너무 막연하다. 사람이라 횟수가 잦은 데와 양이 많은 데는 너무나 쉽게 피상적이 되나 보다. 그럴수록 자기 하나 간수하기에 분주하나 보다.

───────

14 외진 곳에 치우쳐 구석진.

시그낼을 밟고 기차는 왱 — 떠난다. 고향으로 향한 차도 아니건만 공연히 가슴은 설렌다. 우리 기차는 느릿느릿 가다 숨차면 가정거장(假停車場)에서도 선다. 매일같이 웬 여자들인지 주룽주룽 서 있다. 제마다 꾸러미를 안았는데 예의 그 꾸러민 듯싶다. 다들 방년된 아가씨들인데 몸매로 보아하니 공장으로 가는 직공들은 아닌 모양이다. 얌전히들 서서 기차를 기다리는 모양이다. 판단을 기다리는 모양이다. 하나 경망스럽게 유리창을 통하여 미인판단을 내려서는 안 된다. 피상적 법칙이 여기에도 적용될지 모른다. 투명한 듯하여 믿지 못할 것이 유리다. 얼굴을 찌개논 듯이 한다든가 이마를 좁다랗게 한다든가 코를 말코로 만든다든가 턱을 조개턱으로 만든다든가 하는 악희(惡戱)를 유리창이 때때로 감행하는 까닭이다. 판단을 내리는 자에게는 별반 이해관계가 없다손 치더라도 판단을 받는 당자에게 오려던 행운이 도망갈는지를 누가 보장할소냐. 여

하간 아무리 투명한 꺼풀일지라도 깨끗이 베껴 버리는 것이 마땅할 것이다.

이윽고 터널이 입을 벌리고 기다리는데 거리 한가운데 지하철도 아닌 터널이 있다는 것은 얼마나 슬픈 일이냐. 이 터널이란 인류 역사의 암흑시대요, 인생행로의 고심상이다. 공연히 바퀴 소리만 요란하다. 구역질날 악질의 연기가 스며든다. 하나 미구에 우리에게 광명의 천지가 있다.

터널을 벗어났을 때 요즈음 복선(複線)공사에 분주한 노동자들을 볼 수 있다. 아침 첫차에 나갔을 때에도 일하고, 저녁 늦차에 들어올 때에도 그네들은 그대로 일하는데 언제 시작하여 언제 그치는지 나로서는 헤아릴 수 없다. 이네들이야말로 건설의 사주들이다. 땀과 피를 아끼지 않는다.

그 육중한 트럭을 밀면서도 마음만은 요원한데 있어 트럭 판장에다 서투른 글씨로 신경행(新京行)이니 북경행이니 남경행이니 라고 써서 타고 다니는 것이 아니라 밀고 다닌다. 그네들의 마음을 볼 수 있다. 그것이 고력(苦力)에 위안이 안 된다고 누가 주장하랴.

　이제 나는 곧 종시(終始)를 바꿔야 한다. 하나 내 차에도 신경행, 북경행, 남경행을 달고 싶다. 세계 일주행이라고 달고 싶다. 아니 그보다도 진정한 내 고향이 있다면 고향행을 달겠다. 이수하여야 할 시대의 정거장이 있다면 더 좋다.

작품 해설

　　윤동주의 시 세계는 일제강점기라는 역사적
배경 속에서 탄생했으며, 시대적 억압 속에서 개
인의 양심, 존재의 고뇌, 민족의 정체성을 깊이
성찰한 문학적 보고(寶庫)라고 할 수 있다. 그의
시는 겉으로는 서정적이고 차분하지만, 그 안에
는 일제 식민지라는 현실에 대한 뚜렷한 저항 의
식과 내면적 고통이 농축되어 있다.

양심의 시학(詩學)

윤동주 시의 가장 중심적인 주제는 '부끄러움'과 '양심'이다. 그는 시 속에서 끊임없이 자신을 돌아보고, 세상의 부조리 속에서 자신이 얼마나 떳떳하게 살아가고 있는지를 반성한다. "한 점 부끄럼이 없기를" 바라는 마음은 단지 도덕적 다짐이 아니라, 일제에 협력하지 않고 민족의 정체성을 지키려는 시인의 저항 방식이었다. 그는 외적인 행동보다는 내면의 정직함을 통해 시대를 살아내고자 했다.

존재의 고뇌와 자기 성찰

윤동주의 시는 외부 현실보다 자신의 내면세계를 응시하는 특징이 있다. 그는 시를 통해 "나는 누구인가?", "이 시대에 나는 어떻게 살아가야 하는가?"라는 존재론적 질문을 던진다. 이는 단

순한 감상의 차원을 넘어, 식민지 지식인으로서의 자기성찰과 책임의식으로 확장된다. 본인은 타협하지 않는 순수한 존재로 살고자 하지만, 현실은 그것을 허용하지 않기에 괴로워하고 방황한다. 이처럼 윤동주의 시는 깊은 철학적 고민과 인간 내면에 대한 치열한 탐구로 이루어져 있다.

순수 서정과 저항의 결합

윤동주의 시는 형식적으로 매우 순수하고 아름답다. 자연, 별, 바람, 하늘 등의 이미지를 자주 사용하며, 서정적인 언어로 내면의 세계를 표현한다. 하지만 이러한 서정성은 결코 현실 도피적이지 않다. 오히려 억압된 시대를 살아가는 지식인의 저항과 고통을 정제된 언어로 승화시킨 결과이다. 이처럼 서정과 저항이 절묘하게 결합된 윤동주의 시는 독특한 문학적 가치를 지닌다.

종교적, 도덕적 색채

윤동주는 기독교적 신앙을 바탕으로 도덕적 정결함과 자기희생적인 삶을 추구하였다. 그의 시에는 기도, 참회, 회개 등의 종교적 어휘가 자주 등장하며, 자기 정화와 구원을 향한 욕망이 짙게 드러난다. 이러한 경향은 그가 단지 현실에 저항하는 시인을 넘어, 도덕적 상징이자 정신적 순교자로서 인식되게 만든다.

문학사적 의의

윤동주의 시는 해방 이후 한국 문학사에서 순수문학의 정수이자 저항문학의 상징으로 자리 잡았다. 직접적인 선동이나 정치적 메시지 없이도, 그의 시는 인간 정신의 고귀함과 언어의 순수를 지켜냄으로써 일제의 억압에 맞섰다. 그는 '말을 아끼는 방식으로 진실을 말하는 법'을 보여준 시인이었다. 또한 그의 시는 지금까지도 교과서, 대중문화, 학문적 연구 등에서 지속적으로 인용되며, 시대를 초월한 감동과 의미를 제공하고 있다.

실존과 경계 시리즈 04

별 헤는 밤

초판 1쇄 발행 2025년 6월 25일
초판 2쇄 발행 2025년 9월 20일

지은이 윤동주
펴낸이 이혜경
기획 · 관리 김혜림
편집 변묘정, 박은서
디자인 여혜영
마케팅 양예린

펴낸곳 니케북스
출판등록 2014년 4월 7일 제300-2014-102호
주소 서울시 종로구 새문안로 92 광화문 오피시아 1717호
전화 (02) 735-9515
팩스 (02) 6499-9518
전자우편 nikebooks@naver.com
블로그 blog.naver.com/nikebooks
페이스북 facebook.com/nikebooks
인스타그램 (니케북스) @nike_books
          (니케주니어) @nikebooks_junior

ⓒ 니케북스 2025

ISBN 979-11-94706-14-4 02810